이화동의
바 늘 꽃

세 번째 이야기

이화동의 바늘꽃 세 번째 이야기 개정판

발행일   2026년 2월 27일

지은이   이인희
펴낸이   손형국
펴낸곳   (주)북랩

출판등록 2004. 12. 1(제2012-000051호)
주소   서울특별시 금천구 가산디지털 1로 168, 우림라이온스밸리 B동 B111호, B113~115호.
홈페이지 www.book.co.kr
전화번호 (02)2026-5777   팩스   (02)3159-9637

ISBN   979-11-7598-161-4 03810 (종이책)   979-11-7598-162-1 05810 (전자책)

작가 연락처 문의 ▶ ask.book.co.kr

전용 게시판에 문의를 남기시면 저자에게 직접 전달됩니다.

(주)북랩 성공출판의 파트너

북랩 홈페이지와 SNS에서 다양한 출판 솔루션을 만나 보세요!

홈페이지 book.co.kr • **블로그** blog.naver.com/essaybook • **출판문의** text@book.co.kr
카톡채널 북랩

이인희 시집

이화동의 바늘꽃

세 번째 이야기

개정판

낙서가 시가 되던 날,
내게도 봄이 왔다!

가난을 원망하지 않았던 한 사람이
마침내 꽃처럼 피워낸 시의 기록.

🌀*북랩

작가의 말

처음 세상 밖으로 나오던 날에

기회란 기다리는 게 아니라
생각할 시간을 주는 것이다.
믿음이란 첫인상처럼 기억한다.
마로니에 공원 옆 노을이 사라지고
어두운 저녁이 되었을 때
따뜻한 악수는 설레임이었다.
내가 처음 세상에 나오기 전에 교정이 필요했다고 한다.
소소한 대화는 행복해지는 인연으로 연결되어 가는 과정이었다.
내 글 한 자 한 자가 신기하고 흥미로웠다.
나는 낙서를 참 좋아했다.
아니 배우지 못했던 애착일까?
다른 세상을 만나는 시간이었다.
난
내 원고를 차근차근 보는 동안
그분은 전화를 받으러 나갔고

혼자 좋아서 웃고 창문 쪽을 바라보니
그분은 전화 통화를 하고 있었다.
나는 다시 원고를 보고 있는데
"다 확인하셨어요!?"
"네!"
그리고 그분과 저녁 식사를 하려고 밖으로 나갔다.
2월의 추운 겨울답지 않게 거리는 따뜻했다.
조금 걷다가 2층에 있는 식당으로 들어갔다.
저녁 식사를 하면서 가벼운 이야기를 나누고
우리는 밖으로 나왔다.
지하철이 끊어지는 시간이어서
그분에게 택시비 십만 원을 드렸다.
그분은 버스 정류장까지 나를 바래다 주었다.
버스를 타고 집으로 돌아오는 길
난 버스 안에서 행복감을 느꼈다.
그분은 택시를 타고 막 도착했다고
문자 메시지를 보내왔다.
내 세상 속의 이야기를 글로 써서 시집을 출판하는 게 신기하
고 기분이 참 좋았다.
세상을 원망하거나 비판을 한 적은 없었다.
내 가난을 불평하지도 않았다.

그러나 글은 쓰고 싶었다.

세상을 살아가는 과정에서 욕심은 당연했다.

그러다가 내게도 이런 날이 올 줄은 몰랐다.

내 낙서가 시가 되고, 글이 될 줄은 몰랐다.

그렇게 처음 책이 나오던 날의 기분은 뭐라 표현할 수가 없었다.

며칠이 지나고 토요일 저녁, 퇴근길 버스 안에서 흐르는 눈물을 닦아야 했다.

버스 안에서 본 창밖은 목련꽃이

참 예쁘게 피어 있고, 바람은 따뜻했다.

그날은 친구를 만나러 가는 길이었다.

서대문 로터리에서 친구가 신호 대기를 하면서 나를 알아보고 손짓을 했다.

다시 눈물이 흘러내렸다.

그 친구와의 술 한잔은 내 시집 출판을 축하해 주는 자리였다.

집으로 돌아오는 길에 나는 울지 않았고, 골목길에 피어 있는 목련꽃을 바라보다가 문득 깨달았다.

아~ 봄이구나!

내게도 봄이 오고 있구나!

그날은 처음으로 행복이라는 감정을 느껴 보는 날이었다.

작가의 말

목차

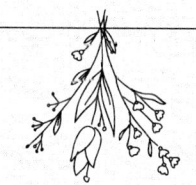

가난했지만
글을 원망하지 않았고,
세상을 미워하지 않았으며,
끝내 시를 놓지 않았다.

버스 안에서 흘린 눈물,
목련이 피던 골목,
처음 '행복'이라는 말을
몸으로 알게 된 날의 기록.

이 시집은
처음 세상에 나왔던
한 사람의 떨림이다.

무게

긴 터널에서 더 나아가지도 못하고
갇힌 채로 나오지도 못했다
너는 알고 있었니?
곧 봄이 온다는 것을
지난 6년의 공장은 정리가 되고
새 건물을 계약하고 앞이 보이지 않던 그날들이 이제서야 끝
나고
다시 시작될 내 봄이 온다
올해 한 해는 정리하는 해인가 보다
공장에 있는 기계도 정리하고
이것저것 버릴 것도 있고
그러나 내게 남겨진 것은
그 힘들었던 지난 6년
내가 갖고 있는 기술은
그래도 믿진 장사는 아니었다고 생각하고 싶다
어깨에 지고 있는 짐들을 다 내려놓고
봄이 오면 동대문시장 가서

예쁜 원단과 부자재가 있는 그곳으로 소풍을 가야지
내가 그동안 만들어 놓은 생각들을
꽃이 피게 해야지
내 봄을 만나러 가야지
너 그동안 고생 많았다
이인희.

겨울이 있는 산책길에서

아~ 좋다

파란 하늘도 있고

바람도 있고

나도 있고

지나가는 사람을 붙잡고

봄을 이야기하고 싶은 날씨다.

고맙습니다

이화동의 바늘꽃 첫 번째 이야기

이화동의 바늘꽃 두 번째 이야기

이화동의 바늘꽃 세 번째 이야기

모두 개정판으로 정리가 되고

그동안 안고 있던 무거웠던 짐을 내려놓으니 마음이 편안하다

작가님 시인님들은 저마다의 세상 밖에서

글들이, 시들이 어떻게 날아다니고 꽃이 피어서 활짝 웃고 있는

지를 알고 싶을 것이다

내 글 평가도 알고 싶고,

그러면 더 좋은 작품을 쓰고 싶을 것이니까

하루하루 시간이 얼마나 많은 꿈들을

꾸게 해주는 하루라는 것을

오늘, 어제처럼 내게 온 하루를 그냥 보내지 않고

짧은 시 한 줄 두 줄은

나의 이름을 지우지 않으니까

무얼 할 수 있는 환경은 온실을 만들어 놓고

그 안에서는 사계절의 꽃이 피는 것처럼 시가 살고 있으니까

글은 친구이고, 언제라도 가슴을 내어 주는

따뜻한 사람 마음 같은 것니까

오늘도 돌아다니는 종이를 버리지 않고

한 장 한 장 모아 놓은 종이들에게

낙서를 한다

한 장 두 장 모아지다 보면

정말 멋진 시 한 편이 만들어지고

작품이 만들어지니까

명품은 내가 그려지고 만드는 것이다.

이화동의 바늘꽃을 사랑해 주서서 감사합니다. ^♡^

이력서

선이 그어진 하얀 종이 위에는 경력이나 학력을 쓴다
내 앞에 있는 칸이 예쁘게 줄지어 있는
공간에 무얼 쓸까
머릿속에 남아 있는
졸업 경력이 없었다
이것이 글 쓰는 세계에서 장애가 될까
내 출신 내 학력은 초라하기 보다는 너무도 깨끗하다
몇 해 전에 풀잎문학대상을 받았다
그리고 내 이력서 정리를 하면서
풀잎문학대상 기록을 정리했다
너무도 단순한 내 이야기
풀잎문학대상도 자신은 없었다
학력이 좋은 사람, 나보다 좋은 글을 쓰는 사람들
그러나 대상을 받고 후원을 했다
작은 돈은 아니지만 그래도 감사하는 마음으로
문학의 길은 글보다 돈이 먼저인가
잘 모르겠지만

돈이 먼저이고 그다음이 진행된다는 것

당연하겠지만

시를 쓰고 출판을 했을 때 그다음은 답이 없었다

난 퇴근길 버스 안에서 남편에게 이런 질문을 했다

예전에 당신 직업을 찾아 헤맬 때

그때 유통업 배달 운전기사로 취업을 시켜 주겠다고 했잖아

그래서 기다렸는데 답이 없었잖아

아마 그때 소개비를 바랐을까

지금 생각해 보면

난 세상 물정을 몰랐던 거 같아

다 돈이 먼저이고, 그다음이 시작이라는 걸

그런데 그 이후로 답이 없을 수도 있다는 걸

소소한 일상일까

세상을 알아 가는 시간이 많이 필요했나 봐

난 고마움을 잊지 않고 꼭 그 보답을 해야지 하는 생각을 했는데

수고비를 먼저 주고 다음을 기다려야 했을까?

남편은 그냥 웃기만 했다.

결혼

남자를 사랑하는 데는 많은 노력이 필요하다
그 남자의 아이를 낳고
그 남자의 가족을 챙기고 모두가
그 남자의 중심이 되어 버린다
내 생활이라는 것은 없어지고 자유롭게 친구 하나 만날 수 없
게 된다
나보다 그 남자가 좋아하는 음식을 준비하고
그 남자 속옷까지 손빨래를 하고
변기통 오줌 한 방울까지 닦아야 하고
맞벌이를 하면서 나를 위해 밥상 한 번 차려 준 적 없는 그 남
자는 악마다
저녁이면 잠자리에서 요구 사항이 많아진다
짜증 나고 피곤해도 거부를 하면
그 뒷날에는 싸늘한 침묵
그 남자는 사랑의 악마다
성생활을 좋아하는 사람의 궁합은 중요하다는 걸 새삼 느끼게
되었다

지금은 할머니 나이가 되고

그런저런 일들은 아무 의미가 없게 되고

결혼이라는 것은 한 가정이 온전히

평화롭게 살아가는 것은 많은 노력과

이해와 용서하는 마음이 있어야

그래도

다 사랑었다고 말할 수가 있지 않을까

결혼이라는 게 책임도 있고

나만 생각할 수 없는 것이다

난

딸아이에게 이렇게 말을 했다

살다 보면 다 돈 때문에 싸우고

욕심 때문에 싸우고 사는 것 같아

엄마, 나도 그렇게 생각해

돈이 많이 차지하지!!

난 결혼은 잘 생각해 봐야 한다고

조심스럽게 말을 했다.

느낌

오늘 새벽, 산길에서
내 귀에 들리는 소리는
내 숨소리만 들릴 뿐

새도
나무도
겨울잠을 자고 있었다
잠자는 겨울 산도 새도

나는
느끼고 싶어
귀에서 이어폰을 뺀다.

납골당에서

어느 낯선 무덤 앞에서 작은 꽃잎 하나가 떨어진다
바람은 기억하지 못한다

그 작은 영혼이 발에 밟힐까
죽은 가슴에 심어 준다
작은 꽃잎 하나

한낮 더운 바람은 기억하지 못한다
그저 작은 꽃잎 하나둘 떨어져 또 죽고 죽어도
바람은 기억을 못 한다

죽은 이름 앞에서 떨어지는 작은 꽃잎 하나
죽은 자의 가슴에 심어 준다.

이화동의 바늘꽃 세 번째 이야기

벚나무에 눈꽃이 피었다

가을은 헤어짐이다
겨울은 약속이다
봄이 오면 만날 것이다

꽃나비 푸르름 향긋한 꽃향기
날마다 걷는 길은 헤어짐이다

오늘도 내일도 그 안에서 기다림은 꿈이다
밤새워 내린 하얀 눈꽃은 겨울에 핀 벚꽃을 닮았다.

장마

장마는 와 있지만
비는 내리지 않는다
바람이 분다

하늘은 어둡고 구름은 가던 길을 멈춰 버렸다

무거운 먹구름을 안고 있는 하늘은
숨어 버렸다

바람은 그저 불 뿐이다
곧 비가 내릴 것이다

장마가 시작될 모양인가 보구나.

천천히 걸어도 돼

알 수 없는 미래를 불안하게 만들지 말자
허겁지겁 살지 말자
내 스스로 놀라고 기특하다
무서워서 걷다가 달리고 숨차 헐떡거려도
숨이 찬 심장은 내가 달래야 한다
천천히 숨을 내쉬고 맥박이 조용히 뛸 때
나는 건강하구나
심장이 건강하구나
내가 멈추니 심장도 천천히 뛰기 시작한다
내 마음이 불안하면 심장도 빨리 뛴다
내가 행복해하면 사랑의 빛이
나를 감싸고
어디든 갈 수 있는 내 길을 만들어 준다
용기란 심장으로부터 나온다.

끝에서

다시 만날 그리움은 없다

그저 그저 흘러가는 세월 안에서 지워질 뿐이다

먼 훗날 기억될 수 있는 하나둘

그것만으로 잘 버티고 건강하게 살다가

약속 하나 기억하면 가는 길 짐이 되지 않는다

정직하게 살 수는 없지만

나로 인해 아프게 하지 말아야 할

그림 한 점

생각날 때 미안했다고 고마웠다고

풀어 놓고 가면 가는 길이 덜 힘들지 않을까?

한여름 매미 소리를 들으면서

소리를 내 야만이 살고 있다는 것이고
울어야 만이 슬프구나 한다

하루 한 번씩 기록은 아직도 할 일이 있다는 것이고
움직이지 않고는 갈 수 없고 볼 수 없다

걸어야 더운 줄 알고 추운 줄 안다
시원한 바람은 더울 때만 느낄 수 있고
추운 바람은 차가운 겨울을 알 수 있다

지금은 배가 고프지도 외롭지도 않다
그저 걷고 싶다는 생각만 하고 있다는
것이다
지금도 건강하다는 생각이다.

산책길에서

오늘은
많이 춥다고 하길래 갈까 말까
했는데
그냥
너를 만나러 갔지
골목 돌아설 때
너는 차가웠지
네 속으로 한 발짝 한 발짝 들어설 때
너도
나도
따뜻한 포옹을 하고
점점 추운 걸 몰랐지
내 심장은 따뜻해지고
너의 뒤에서는 따뜻한 햇볕이
너와
나를
안고 있었어.

작은 꽃들의 세상

서늘한 그늘 아래서는 따뜻한 바람이 불어
이름 모를 들꽃이 피고

큰 세상은 볼 수는 없지만
자기들만의 세상에서
제일 예쁜 꽃들이지

봄은 다 함께하기에
작은 세상에서도 행복해하지.

짐

나는 내선을 잘 안다
알면서도 선을 넘어 본다

포기도 쉽게 하고
다시 일어서고
도전은 죽는 날까지 하는 거지
살고 있기 때문에

나는 지금
그동안 안고 있던 짐을
하나
하나
정리 중이다.

한국예술인 복지카드

이제는 모르는 게 창피하다
오늘은 하나를 배웠다
불친절은 기분이 나쁘지 않았다
다시는 그 가게를 가지 않으면 되지만
모른 것에서는 창피하다는 생각을 하게 되었다
반평생 헛되게 시간을 보낸 것에 대해서
나 자신을 다시 돌아보게 되었다
내 이름을

○○은행에서 한국예술인 복지카드를
만드는 데 좀 복잡했다
은행 직원은 내게 영문으로
이름, 아이디를 쓰라고 했다
순간 멍해서 잘 모르겠네요 했다
아니 알고 있었지만
이름, 아이디
기본 영어도 모르는 사람이 되어 버렸다

해외 나가서 이 카드 쓰지는 않을 거죠!?

순간 이 말은 무슨 말인가?

며칠 있으면 집으로 도착합니다!

네!

대답을 하고 은행 문을 나오면서 고맙습니다 인사를 하고

로비 안내하는 분에게 인사를 하고 나오면서 많은 생각을 하게
되었다

그동안 내 안에서 서운하게 생긴 일들은 다 내 잘못이었다

다 내 부족함이었다

거절도 할 줄 알고, 아는 것도 안다고 해야 한다.

사랑이란

내 사랑은 아름답지는 못했으나
꽃을 피웠고
따뜻한 향기도 가득했었다
비바람은 불었어도 빛은 항상 머물고 있었다
늘 선선한 바람은 들어오고
계절이 찾아오고
사랑도 잔잔이 찾아오고
어쩌다 쉼을 할 때
작은 사랑 한 보따리 들고
산들바람 부는 들판
가슴을 열고 신선한 바람을 안고
들에 핀 꽃들을 보게 해주고
길가 작은 음식점에서 처음 보는 음식도 사 주고
풍족하게 살지는 않았지만
그래도 따뜻한 삶이었다
뒤를 돌아보면 그 많은 시간 세월
다 기억할 수는 없지만

희미하게 느껴지는 젊었던 시간은 보이지 않지만

그래도 행복했다고 말하고 싶다

사랑이란 이런 거겠죠!

돈이란

아침이 되면 갈 곳이 있다는 게

참 감사하다

돈을 벌 수가 있는 것이다

비록 노동의 대가는 얼마나 가치가 있는지 몰라도

이마에 구슬땀이 흘러내리고

등에 땀이 젖어 있어도 행복해야 할 일이다

한때는 작업장 문을 열 수가 없었다

하루가 하루가 돌아오면

머릿속은 불안한 생각으로 가득 차고

모든 것들을 해결할 수가 없다

돈이란 꼭 필요한 것이다

돈을 버는 일은 내 아이들과 형제, 친구, 지인들 관계가 이루어
지는 역할을 한다

어제는 남편이 점심 식사는 밖에 나가서 먹자고 해서 조촐한
식사를 했다

가을이라 그런가 마음이 부자가 된 것 같았고

잠시 행복감을 가졌다

돈이란 속물일 수도 있고, 계산적일 수도 있고
뇌물로 쓸 수도 있지만
꼭 필요한 존재다
돈을 벌 수가 있기에 감사하는 마음으로
몇 분에게 성의 표시를 했다
가을 옷 주문이 계속 들어오고
어쩌면 한참을 바쁘게 살 것 같아
곧 죽을 것 같은 삶을 살아도 언젠가는
꼭
좋은 일이 온다.

봄처럼 만난 여인들

칼국수 두 그릇, 만두 다섯 개
저녁 다섯 시 반 영천시장에서 만난 사람
그해 늦은 여름 인왕산 매실꽃이 지고
가을이 오기 전에 알알이 익어 땅으로 뚝뚝 떨어질 때
지나가는 두 여인이 나를 보고

그게 뭐예요?

매실이에요!

신기하다는 듯 내게 다가온 두 여인은
땅에 떨어지는 매실들을 보조 가방에 주워 담는다
도란도란 이야기는
봄에 피는 매실꽃이 이어주는 인연이 되고
가끔 만남은 정을 나누기 시작하게 되었다

오늘 따뜻한 칼국수와 만두는
한겨울에 따뜻한 봄에 피는 매실꽃처럼
사람의 향기가 가득 담겨 있다.

내 기도는

내 기도는 오래전부터 시작되었다
내 소원이 이루어졌다
난 오늘 내 공방을 계약했다

서촌에서 이화동까지 오래도록 걷고 사랑해야지 내 길을
천천히 가꾸고 다듬어서 봄이 오기 전에
골목길에 꽃 한 송이 두 송이 모아 놓고
난 행복해야지

그리고 감사하다고 전해야지
하늘님에게.

눈물꽃

너의 눈물은
서러운 눈물이 아니야

너의 아픔도
너의 상처도

하나씩
하나씩
떠나가는 거야

너의 눈물은
아름다운 꽃이야

그렇게
꽃을 피우는 거야.

나

집중해야 할 사람은 나야
꼭 필요한 사람은 나야
떠나지 못하고 나를 지켜 주는 사람도
나야

너는
너만이 알 수가 있지
가끔 말의 두 겹은 필요하지만

그래도
다시 내게로 돌아오는 것은
'나'라는 사람이지.

1등은 없다

1번은 1등이 아니다
처음 시작을 말하는 것이다
꼴등은 꼴등이 아니다
순서만 있을 뿐
답은 아무도 모른다
문제는 나만이 풀 수가 있다
화려한 인맥은 그저 그림일 뿐이다
들놀이뿐이다
1등은 화려함도 대단한 인맥도 필요 없다
나를 닮은 사람은 없다
죽고 나서 이름이 죽지 않았으면 그것이 1등이다

어떻게 살았던.

오늘도 새벽길을 걷는다

창문 틈 사이로 들어오는 겨울 찬바람은

많이도 추운가 보다

어제 새벽보다 더 일찍 눈이 떠지고

핸드폰에 새겨진 시간을 보고 일어나

커피포트에 물을 붓고 뜨거울 때까지 기다렸다

따뜻한 커피 한 잔 마시고 산에 갈 준비를 한다

차가운 바람만 가득한 겨울이지만

상쾌한 기분은 하루가 건강해진다

늘 반복되는 날이지만 그래도 하루하루

다른 기분은 생각이 많아지게 한다

풀고 사는 것은 아니지만

그 속에서 배우거나 느끼는 감정들이 정리가 된다

집에서 느끼지 못했던 생각들이

나를 정리해 준다

어떨 때는 멋진 시 작품이 만들어지고

어떨 때는 이 새벽을 걷다 보면

오래전에 알고 지냈던 지인도 만난다

무겁지도 않은 가벼운 인사는 반갑기만 하다
술 한 잔, 따뜻한 차 한 잔은
지금도 기억에 남아 있다
그래서 가볍게 인사할 수가 있다
그분의 안부와 내 안부 인사는
궁금한 것보다 환경을 잘 알기 때문에 편안하다
아침이 오는 산책길은 그렇게 유연히
옛이야기를 만나고
이 길은 내 글 속에서 함께 있기 때문이다
난 산길 입구에서부터 '안녕'이라고
마음속으로 인사를 하고
내려오는 길에서는 '내일 또 올게'
이 인사는 참 행복하다.

산책길에서

어두운 밤
산책을 하다가 넘어지고
다시
일어나서 작은 아이 쪽으로 달려갔다
내 아이가
뒤를 따라오다
넘어지고 울면서 따라오고
그 기억이 순간 생각이 났다
내가
아이처럼 다시 일어나
내 아들 뒤를 따라갔다
엄마 조심해!
아무렇지 않게
그냥 웃는다
살다 보면
나도 아이처럼 넘어지고
다시 걷고
그렇게 사는 거지.

따뜻한 기억 이전

나를 걱정해 주는 이 말 한마디
술과 함께 먹으면 안 돼요
이 말을 들은 순간 마음이 순해진다
난 술을 마시고 시간이 지난 다음에
머리가 아프면 진통제를 먹었다
약사님 말씀에
네!
고맙습니다!
인사를 하고 약국 문을 열고 나왔다
단순하게 살자 하면서도
그렇게 되지 않으니, 숙제만 쌓이고 쌓인다
술과 진통제는 적이지만 순간을 살게 하는 진통제다

앞으로 머리 아프게 하지 않겠습니다
그 말은 기억하겠습니다
직업은 책임이고, 언어 전달이다
말은 예쁘게 친절하게 하면
그래야지 하고 다시 생각하게 된다.

섬과 섬 사이에

한 사람 마음을 얻는 데는
많은 돈과 시간이 필요하다
순간 마음이 이끌어 다가갈 수도 있지만
소중한 시간을 내어 줄 수 있는 마음은 쉽지가 않다 사람들은
따뜻한 마음을 갖고 있어도
함부로 내어 주지 않는다
보는 것과 부딪히는 것은 다르다
동그라미 안에는 보이지 않는 선이 있다
형제, 학교, 고향, 직장 그 안에서만 함께했을 뿐이다
함부로 정을 마음을 베풀지는 않는다
그 안에는 섬이 모여 있다.

부족한 사이

열 개의 돌이 모여 있다
짝이 딱 맞다

그러나
그렇게 맞지는 않는다

둘이 셋이
돌고 돌다 보면
하나는 겉돈다

부족해서 그런 게 아니라
마음이 부르지 않는다
수준이 부족하다

외로움은
한동안 가도
기다림은 기다리지 않는다

어쩌다가 보게 되는 날에는
깊은 인사는 하지 않는다.

삶이 피는 꽃

그대를 그 누가 슬프게 했는가
돌아보면 그 슬픔 속에 그대도 있지 않았는가
다 손끝에서 만들어지는 일들이 아니었던가
사람 마음을 아프게 한 적이 없던가
조용히 갔다가
성나서 돌아오는 파도 같은 마음이 아니던가
그대와 나는
모래밭도 되고 파도도 되었다가
잔잔한 바다처럼 침묵이 흐를 때도
있지 않았던가 원망하지 말고
그저 인생 바람 같이
이리 휘날리고 저리 휘날리다
날개 하나 바람 따라 훗 터지고
날 수가 없을 때는 정착하는 거지
인생이란 그런 거 아닐까
그래도 고마운 게 하나 있지 않는가
꽃씨는 뿌렸으니 꽃은 필 것이고

나무도 꽃이 피고 열매를 맺을 때 달달함은 수확의 결실이 아니
겠는가
고단한 삶일지라도 꽃은 예쁘게 피었지 않는가.

등불

나의 등불 빛도
너의 등불 빛도
다르지만

우리들은
등불을 안고 살지
작은 등불도
조금 큰 등불도

모아 모아
세상이 밝아지는 거야.

꽃씨를 안고 있는 가을 해바라기

가을은 누구를 가다리는 걸까
말씨도 꽃씨도 풍성하다

하늘을 닮은 가을 해바라기는
하루 종일 고개를 숙이고

풍성한 가을이 와 있는지 모르는지
그저 웃고만 있다

고개를 숙이지 마
너의 가을이야.

의상

창문 틈 사이로 선선한 가을이 바람이 들어온다

한 땀 한 땀 가을은 아프게 만들어진다
뾰족한 바늘은 꼭 지나가야 한다

가을은 이렇게 만들어진다.

이인희

가난하다고 말하지 말고

건강해서 행복하다고 말해

왜 나만 이래 하지 말고

지금도 아픈 사람이 많아

건강한 걸 감사하게 생각해.

시린 바람

걷다가
바람이 불길래 그냥 서서 바람을
안아 버렸지

조금 흔들었지만
그냥 안고 있었지
조금 있다 보면 떠날 거니까

힘든 너를 안고 지친 너를 달래 주는 거였지

얼마나 힘들었으면 내게로 왔겠니.

남편과 겨울을 걸으면서

봄바람이 불고 있다
지금은 12월 29일이다

꼭 봄날같은 기분이 드네?

왠지
내년 3월이 온 거 같아
당신도 그런 느낌 같지 않아?!

응!

매래가 보이지 않아도
지금은 봄날처럼 좋다.

본능

가난을 사랑하지 않았고
돈을 사랑했고

가난한 시인을 사랑하지 않았다
그러나
시인은 슬프지 않았다.

길 1

걷다가
마음이 멈추면

그냥
서 있어도 돼

그러다가
마음이 움직이는 대로 가

그것은
사랑이야.

나를 위한 선물

나에게 가는 길은
눈꽃이 많이도 피었구나

다시 돌아오는 길에
슬픈 비로 내리지 말기를

지금 내리는 비는
겨울비인가
봄비인가

그때는
벚꽃이 피는 날이었으면
내가 가는 길에
봄꽃이 한창이었으면
난 셀레고 싶다
내 앞에서는.

내 삶이

이렇게 살아야 해
분주한 아침 분주한 하루를 시작할 때
늘
10분 5분이 귀했었지
출근 버스 오는 시간에 맞추어
버스 타러 가는 기억
늦은 퇴근 버스 안에서 20분 30분은 휴식이었다
그 안에서 하루의 시가 있었다
그렇게 분주하게 살 때가 좋았던 거 같아
세상 담 쌓고 사는 것 아닌데
그래도 열심히 산다고 생각했는데
시간이 지나
그 세월은 다 내 것이 되었다
그런저런 시간들은 짧은 시가 되고
내가 행복해지는 시간이 되었다
이 행복이 나를 지탱해 준다.

낯설움

낯설움에 한 발 뒤로 물러서고
잘 알지 못해서 머뭇거리고

저 말이 무슨 뜻인가
혼자 정리하는데
힘이 들었지

늘 그렇게 살았지만
이제는
물 흐르듯 가다 보면 목적지에서
만나겠지

그때
또 다른 모습으로.

쓸쓸한 인생

그럭저럭 살다가

뒤에 남아 있는 것들을 이해하지 말고

머리가 복잡하지 않게

흐르는 대로 살았으면 좋겠지만

어디 그럴 수가 있을까

따지고 보면 나와 상관없다고 할 수도 있지만

또 다른 세계에서는

내가 볼 수 없는 것들이 있을 수도 있다

그러나 내가 아픈 경험은 말을 해야

피해 가야 한다

세상은 그리 생각처럼 넉 넉 하지 않다

내가 살던 세상을 존중해 주는 것이 아니라

비웃음 무시하는 태도가

내게 돌아오는 것을 알게 되었다

때론 포장도 중요하지만

정말 세상이 사람이 아름답다고 말을 했을 때에는 쓸쓸한 마음
이 든다

이화동의 바늘꽃 세 번째 이야기

피가 흘러내리는 상처는 약을 발라서 치료하면 새살이 돋아나
지만쓸쓸한 말의 상처는 두고두고 가슴에 남는다
사람에게서 받은 상처는
사람 치료해 준다는 말은 이해 부족이었다
그 순간 비켜 가는 말뿐이다
다 계산이 먼저다
나만의 세계가 먼저이다.

친구

그래도 참 좋은 것들이 많아
능력이라는 것은 힘이 있는 것 같아
노년을 바라보고 있는 이 공간은
두려움보다 어떻게든 살아진다는 것에
감사해진다
비록 그동안 마음이 좀 힘이 들었지만
다 지나가고
내 선 안에서 소소하게 즐길 수 있는 것이 있어 좋고
가끔 그리운 친구 하나둘 만날 수 있어 좋다
지금도 내 손에 쥐고 있는 짐 하나둘
힘이 들 때 이거 좀 들어줘
이런 말은 못 하지만
남편에게도 감사하다
그래도 혼자서 사는 것보다
둘이라는 게 힘이 된다는 것을 알기에
조금도 서운하지 않았다
글을 쓸 수 있는 환경

그리고 함께할 수 있는 내 직업
나를 달래주는 것보다
그 무언가를 할 수 있다는 게 좋고
건강한 몸을 갖고 있어 좋다
돈을 벌 수 있다는 게 감사하다
난 건강만 허락해 준다면
손끝에서 일을 놓지 않을 것이다
이것이야말로 내 능력이다

어제는 쉬는 날이라
비도 조금 내리고 산에 갈까 하다가
말고
친구 사무실을 찾아갔다
친구가 일하는 모습을 보고
정말 예쁘다 혼잣말로 하고
믹스커피 한 잔에 눈웃음으로 오고 가고
잘 지냈어!

응!

가을비가 내리는 화요일 따뜻한 점심 식사는 오래도록 기억할
것이다

내 친구 진금순이랑.

마른 꽃

마른 수국꽃 한 송이가
땅에 떨어져 있기에
주워서 가려는데
스님이

그 꽃 꺾었어요?

아니요!

땅에 떨어진 것 주운 거예요!

스님은 아무 말 하지 않았다
마른 꽃도 꺾어서는 안 된다는
스님의 말씀이다.

할머니

국화꽃
한 다발을 안고
의자에 앉아

국화꽃 향기에
입맞춤을 하고
또 입맞춤을 한다

국화꽃
한 다발 안고
할머니는 행복해한다

할머니
할머니가 더 예뻐요~.

할머니의 미소는

굽은 등뒤에 짐을 얹고 흐린 하늘을
한번 쳐다보고 웃고
나를 쳐다보고 웃는다

하늘이 흐르죠!?

대답하지 않고 웃기만 한다

언덕 산길을 고개 숙이고 천천히
걸어 올라간다
다 아는 거겠지
오늘을 내일을.

어느 노인의 사색

봄바람 등에 지고 벤치에 앉아
고개를 숙이고 무슨 생각을 할까
지나가는 발자국 소리에
옛 기억에서 걷고 있나

아지랑이 봄 향기 맞고
눈을 뜨고 하늘을 보니
구름도 바람 타고 놀고
내 머리카락도 봄바람 타고 날아가려 하네

백발의 노인은 벤치에 앉아
지나가는 바람만 바라본다.

상속

시아버지
시어머니 돌아가시고
숙제가 하나가 남아 있는데
재산 분배
싸우지 않고 정리가 참 잘 됐다
시댁
단톡방
나는 큰 며느리
아무 말 하지 않고
그냥 보고만 있었다
며느리는 직계 가족이 아니다
제사는 내가 지내기로 했다
시어머니와 약속을 했기 때문에
가족이란 모든 게 평등해야 싸우지 않는다
시댁 형제들 싸운 걸 보지 못했다
다정하게 살다 가신 시부모님을 보고 자라서 그런가.

나이

계절은 잊지 않고 떠나고
열두 달은 다시 돌아오고
나는
가는 계절을 보면서
내 얼굴에
나이 든 걸 모른다
왜?
꽃구경
이슬비 구경
예쁜 단풍잎 구경
하얀 설경 구경
웃고만 있으니
내 얼굴은 늙는지 모른다.

분수

내 수준은 작고 낮다
더 이상 높이 올라갈 수가 없다
어느 날
목요일 밤 11시 10분 길을 걷다가
약간 술에 취한 목소리가 내 귀에 들어왔다

여자... 나는 그분이 좋아요
남자... 나는 그분이 별로예요, 너무 잘난 척해요
그래서 그냥 건너가요 저는

또 한 남자 분은 이렇게 말을 이어갔다
다 회사를 위해서 맞춰 일하는 거예요
맞아요

이렇게 답하는 두 분은 존중을 해주었다
딱 봐도 괜찮은 회사를 다니는 것 같아 보였다
순간 내 분수를 알게 되었다

난 들꽃처럼 조용하게 살아야지

내 수준에 맞게

그 짧은 시간

밤 11시 10분은

난 작은 들꽃이 되었다.

이화동의 바늘꽃 세 번째 이야기

인연

그리운 그곳은 봄이었다
바람은 불고
조금 추운 듯 해도 따뜻한 곳이었다

따뜻한 점심 한 끼
달달 커피 한 잔은
그동안의 기다림이었다

마음을 열면
그 속으로 들어갈 수 있는 것
좋은 소통을 할 수 있는 것
그렇게 처음 약속 없이 글로
만나지만

어쩌면 이것도 좋은 인연이라고
생각하고 싶다
손을 잡고 한 계단 올라가고 싶다

혼자서 만들 수 없는 사람의 관계는
신뢰의 존중이다.

감사하는 마음

옥상에도 봄이 왔다
상추, 깻잎, 고추, 솔, 토마토, 갓
이름 모를 야채들
아래층 아주머니는
봄을 심어 놓고 여름이면
바구니에 야채들을 가득 담아 들고서
현관문 앞에서 노크를 한다

싱싱하니까 드셔 봐!

위 아래층에는
정은 행복했었다
난 팥 칼국수를 만들어서 보답한다
요번 여름에도
아래층 아주머니의 사랑을 먹고
나는 무엇으로 보답할까

매년 여름이면 받기만 해서 고마웠다

옥상에 있는 텃밭은 올해도

새싹이 돋아난다.

나에게

이제는 나도 내 칸을 만들고 이 안에서 편하게 살아야겠다
아무도 찾아오지 않아도 괜찮아
그동안 많은 걸 알게 되었다
그러나
다 부질없다는 것을
난 너만 있으면 돼
네가 있어야 난 그림을 그릴 수 있으니까
그래서 너만 있으면 돼!

비움

내려놓자
내려놓자
말은 그러는데

정작 뭘 내려놓고
무슨 마음을 비우란 건지

그냥 하루하루
배부르지 않게
배고프지 않게 살다가

끝에서
내려놓고
비운 것이다.

소망

잘 풀렸으면 좋겠다

이제는

한 달이 두 달이 걱정이 없으면 좋겠다

하루 두 끼 먹어도 배는 고프지 않을 것이다

공과금이 밀리지 않았으면 좋겠다

작은 집에 살아도 걱정 없으면 좋겠다

뭐 걱정 없는 삶이 어디 있겠는가

그래도 물 흐르듯 잔잔히 풀어 갈 것이다

엄마는 수선집이나 해!

작은 아이는 가끔 내게 이렇게 말을 한다

그래 나도 그렇게 하고 싶다

난 늘 이런 생각을 했다

내 소소한 일생은 바쁘거나 급하지 않았으면 그랬으면 했었다

난

꿈이 또 하나 있다

못한 공부를 하고 싶다

이런 내 생각이 욕심일까?

난 졸업장이 없다

졸업장을 주고 싶다 내게.

반복된 시작

어쩔 수 없는 생각이 찾아오고

또

그렇게 살고 방법은 늘 있었다

시간이 멀리서 그랬을 뿐

기다리지 않아도

찾아오는 생각들이 돌아온다

처음 시작은 셀랬다고 하지만

이번은 다시 시작해 봐야지 한다

경험은 쌓이고 쌓여서 밭이 되는 것 같았다

이것도 심어 보고 저것도 심어 보고

난

그동안 그랬던 같아

씨앗을 한 줌 주머니 속에 넣고

봄이 오면 뿌리고 또 뿌리고

그렇게 가꾸었다

다시 봄이 오는 날에

난

다시 씨앗을 뿌릴 것이다

기대는 하지는 않는다

난 늘 그랬으니까

그러나 이제는 기대를 해봐야지.

이화동의 바늘꽃 세 번째 이야기

빚쟁이

외상으로 사는 인생
한 달이 급하다가 한 달을 벌어서 외상값을 갚고 나면
또 한 달을 급하게 살아야 한다
어쩌다 정해진 금액보다
더 벌면 한 달이 좀 편해진다
또 정해진 돈을 벌지 못하면
외상이 더 생긴다
이렇게 반복되고 나면 카드 신세를 지고 산다
돌려 막고 또 돌려 막고 그러다가 결국은
신용불량자가 되는 것이다
그래도 빚을 갚으면서 살아야 한다

왜
비싼 서울에서 사냐고?!

나도 모르지?!

이렇게 여기까지 와 버렸네

그러나 희망은 잡았네

그걸로 충분하다네

우린 모두가 빚쟁이라네.

어색한 행동

아직은 어색한데

급하게 다가온다

순간 머뭇거리고 마음이 깊은 곳으로 도망간다

마음이 편하지 않으니 그런가 보다

친구라고 함부로 말할 수가 없다

그저 아는 사이지만 지인이라고 말할 수가 없다

가끔 생각나는 사이도 아니다

풍문은 진실하지 않다

부담스럽다

천천히 다가오기를

부탁한다.

바느질쟁이

나를 가꾸는 봄날이 오고 있다
꽃을 만들 수도 있고 하루를 담을 수도 있는
작은 아기 가방을 만들 수도 있다
하루가 모아지고 이틀이 모아지면
한 달이 웃어 주고 두 달이 걸어 주는 길은 신이 나겠지
지치고 힘이 들 때도 있었지만
이것은 길을 벗어나지 않았기 때문에 가능했던 거지
꿈을 놓지만 않으면 떠나지 않아
난 그랬어!!!

이화동의 바늘꽃 세 번째 이야기

나를 죽였다

힘이 들 때는
누군가가 잘 지내죠
잘 지내지 못해도
네!
잘 지내고 있어요!

그래도 그 말 한 마디가 힘이 된다
그래서 그 순간은 웃는다
말로 사람을 얼마나 힘이 들게 하고
말 한 마디에 자신이 없어진다
이름을 부르지 않고
말끝에 씨
반말
예쁜 이름도 있는데
내 마음 같지는 않겠지만
말은 순간
사람을 죽이고

상처로 힘이 들게 하지만
돌아서서 잊고
다시 마음을 비운다
그래야 하니까
좋은 말은 나쁜 말은
항상 존재하니까
부딪히면서 사는 거지
그래서 선과 악이 있는 거지
밤이 되면 악을 죽이고
아침이 되면 선한 마음이 깨운다.

시인은 부자

시인은 행복해야 한다
가난해도 부자인 것처럼 살아야 한다
모든 사물을 꽃으로 보아야 한다
늘 긍정적인 마음으로 세상을 보아야 한다
시인은 시를 팔려고 시를 쓰지 않는다
약한 사람 손을 잡아 주고 아픈 사람
마음을
따뜻한 글로 달래주는 시인이 되어야 한다
이런 생각으로 글을 썼지만 진실하지 않았다
모두가 돈으로 보고 있었다
난 다시 정리할 시간이 필요했다
마음을 단단히 먹고
내 재산은 내가 소중하게 생각하기로 했다
시간이 걸리겠지만 다시 찾아오기로 했다
내 추억의 시들을.

비는 내리고

어둠이 내리고
밖에서는 빗소리가 들리고
천둥이 치고

나는
지금 비를 피하고
천둥 소리를 듣고 있다

어린 꽃잎은
비를 맞고
천둥 소리를 듣고
무슨 생각을 할까?

어두운 곳에서

그 순간이 지나면

내일 아침이 오면

아무것도 모르는 것처럼

웃고 있겠지

너도

나처럼.

구름

봄볕이 작은방 창문에 앉자
나를 유혹한다
더 누워 있을까

그러다 잠깐 잠이 든 것 같아
파란 하늘에 떠 있는 구름이
꿈속까지 찾아와 나를 깨운다

눈을 뜨고 몇 해 전에 작은 아이가 생일 선물로 사준 신발 신고
꿈속에서 본
파란 하늘에 떠 있는 구름 만나러 간다.

외톨이

혼자 노는 게 익숙한 외톨이
마음을 들꽃에게 줄 수도 있고
바람에게도 줄 수도 있고
하늘이 있고 비도 내리니
꽃도 피울 수 있고

사람보다 자연을 더 좋아하는 외톨이
모든 것은 내게 있다는 걸 알게 되었다

그래서
난 다시 하늘, 바람, 비, 들꽃을 사랑하기로 했다
지금 내 앞에서 서 있는 너도 바람이었다.

언제부터인가

언젠가부터 내가 변해 가고 있구나
생각을 했죠
마음이 급해서일까?
뒤에 누가 따라오는 것처럼
마음이 바쁜 것처럼
달려가고 싶었던 걸까?
혼자 있는 나는
누가 나를 부르지도 않는데

사람들이 변하지
하지만 세상이 변했다고 말을 하지
계절은 욕심도 없고
바람이 불면 흔들리고
비가 내리면 맞고
차가운 계절 오면 추위도
겨울은
그곳을 벗어나지 않는다

변한 것은 마음이지

4월 지금 서늘하고 춥다고 하겠지만

분명한 것은 봄이다

조금 서늘할 뿐

추운 겨울은 얼마나 쓸쓸했겠니.

유리 장사

입속에서 나오는 말은
유리 장사였다
거짓말이 고개를 돌린다

시간이 멈추었다
아무것도 가진 게 없었다
욕심 많은 유리 장사는 숨어 있는
꿈을 팔고 있다.

반성

어제는 내일을 정확히 안다고
그렇게 말하고
오늘은 다르게 말한다
그럼
비가 내리는 줄도 모르고
비를 맞아야 하나
어제는 약속을 하고
기다리는 나는
너의 방식에 따라
그럴 수도 있지
이렇게 답을 해야 하나
말도
글도
상황에 따라서 다르는 건가.

시 한 편

시 한 편 올려놓고

지나가는 사람들은 눈으로 보고

그 시 한 편은 철창에 갇힌 원숭이 한 마리

비웃는 눈빛

공감한 눈빛

슬픈 눈빛

다음 원숭이는 무슨 표정으로 있어야 하는지

모든 감정을 써 올려놓고 지나가는 사람에게 평가받는 느낌

꼭

철창에 갇힌 원숭이 같았다

좋아 하나 던져주면 감사합니다

마치 먹이를 받아먹는 것처럼.

거리의 악사

춤꾼도
글쟁이도
희극인도
무대가 없어도
노트가 없어도
끼를 밖으로 꺼낼 수가 있다
우리는 무대 위에서 살지 않는다
이 가을 하늘 하나만 있으면 된다
지금 내가 서 있는 이곳이 무대이고
관객이다

내가 관객이고 주인공이다.

내 마음속의 음악회

그가 올려놓은
노래 한 곡이
식탁에 놓여 있길래
아무도 모르게 살짝 터치를 한다

지금
내 마음속에서는
작은 음악회가 열리고 있다.

처음 걷던 길

가끔 낯선 곳에서는
다시 한 번 길을 보게 되는 거지

헤맬까 봐
뒤를 보고

그 길을 기억하고
다시 그 길을 걸을 때
처음 걷던 길을 생각하겠지

아무리 힘들었던 길이라도
마음이 따뜻했던 시간은 잊을 수가 없을 거야.

사색

가난한 시 한 줄이 주는 가을 하늘처럼
마음을 푸르게 만들고

낙엽이 다 떨어져 버려도
새들 노랫소리는
멈추지 않는다

가을빛을 등에 지고 걸어가고 있는
오후는
저녁이 오기 전에 내려온다.

어두운 이야기

알수록 미끼
심해 깊은 이야기
어둠 속에서 낯선 향기가

따라가지 마라
미끼란다

배고픈 하루
따라가지 마라
미끼란다.

낯선 길

익숙한 길을 벗어나
초행길을 걷는다

조금은 낯설고
쑥스럽지만

걷다 보면
이길도 익숙해지겠지

길이란
걷다 보면

내가 만들어 가면서 걷는 거지
좁은 길
넓은 길

골목에 세 아기 꽃이
내 발길을 멈추게 하고

넓은 길에서
하늘이 나를 멈추게 하고

살고 있기에
보는 이는 것들

또
낯선 길을 걷는다.

중독

점심때 라면 먹자!
그래서
라면을 사러 가려고 하니까
라이터도 한 개만 사 와!
그래서
담배 한 보루
라이타 다섯 개
라면 다섯 봉지
달걀 열 개
라이터 한 개만 사오라 했는데!
어짜피 계속 피울 거잖아!
나보다
담배, 라이터 보고 웃는 남편.

처음처럼

아침 식사는 부지런한 사람만이 먹을 수가 있다

아침밥을 먹지 않고
점심밥을 먹고 나면
아침을 잊는다

그래서
처음이 중요하다
처음 약속처럼.

서약

어느 가을날 찬바람이 불고
추운 공원에서 담배 한 대 물고
어디만큼 오는지 서성거리던
그 남자
동원 훈련이 끝나고 집으로 가지도 않고
그 여자 있는 곳에서 서성거리는
그 남자
그 여자를 기다리고 있었다
그 여자 얼굴이 보고 싶어서 퇴근 시간을 기다리며 서성거린다
추운 공원 찬바람은 그 남자를 보내지 못하고
사랑은 뜨거운 게 아니라 따뜻한
그 여자를, 마음을 기다리다
사랑이 보고 싶어서

그 사랑이 오랫동안 함께하는 것은
책임인 것이다
사랑 앞에서 약속은 기다림이었다
사랑은 숨어 있다가 또 돌아보게 한다.

내 사랑

사랑은
그림을 그리지 않는 거야

사랑은
투명색으로 두 사람만 보는 거야

사랑은
집착을 하지 않는 거야

사랑은
영원히 너의 것이 아니야

사랑은
멀리서 지켜보는 거야

사랑은 늘 옆에서 함께 있어 주는 거야

돈이 없거나

아프거나

배가 고플 때도.

생일

가끔 위장병 때문에 병원을
간다
돌아오는 길에
프리지어 꽃이
봄을 안고 있었다
추운 것도 모르고
꽃집 앞에서 웃고 있는
프리지어 꽃을 내가 안았다
사장님!
프리지어 꽃 얼마예요?

오늘은
내 작은 아이 생일이다
내 작은 아이에게
봄을 선물해야지.

사랑

육십 하고 둘

너와 나는 동갑이지

같은 세대 같은 환경

그 긴 시간을 이해하는 데는 많은 시간이 걸렸다

때론 남처럼 때론 친구처럼 그렇게 이어지는 시간

미싱을 할 때 아차 하는 사이에 손가락이

바늘에 박혀도 나는 혼자서 박힌 바늘을 빼고 화장지로 지혈을

하고 다시 미싱을 밟곤 했다

나도 한 번쯤은 손가락이 아프다고 말을 하고 싶었지만 그러지

못했다

어제저녁에는 설거지를 하다가 유리컵에 손가락을 .베이고 병원

응급실에 갔다

큰 상처는 아니지만 유리 조각이

깊이 들어간 거다

바늘로 꿰매

손가락을 움직이면 옆에 있는 손가락도 아팠다

그래도

남편에게 아침 겸 점심을 차려 주었다

다 먹고 밥상을 들고 나와서 설거지는 남편이 한다고 내게 저쪽으로 가 있으라 한다

순간 행복해진다

난

처음으로 남편이 설거지 하는 뒷모습을 보고

변하는구나

당신도 육십 둘에 변하는구나

당신과 나는

생일보다 결혼기념일 기억보다

지금이 참 좋다.

1일부터 31일

너무 지친 나보다
네가

마지막이란 31일 앞에서 깊이 잠이 들었나 보다

조금 지각해도 돼
오늘 하루가 너 안에 있어.

남편에게

너의 좁아지는 가슴에
봄꽃 한 다발 보냈어

아직 받지 못했니?

지금은 봄이야
그냥 땅만 보지 말고
너의 옆에 봄꽃도 한번 쳐다보아.

기도

많이 힘들어!?

남편은 머리를 침대에 기대어 눈을 감고
불도 거지 않고 커피포트에서는
김이 모락모락 피어나고 컵 속에는
믹스커피 두 봉이 담겨 있다
난
컵에 물을 붓고 커피 타서 저어 준다

한 봉지만 타서 마시지!

아무 말을 하지 않고 고개만 숙이고 있다
어두운 방 불을 켜 주고 방문을 닫고 나오면서

이따가 소고기죽 쑤어 줄까?

남편은 고개만 *끄덕끄*덕한다

불안한 마음을 안고 있는 남편에게
나는 무엇을 해줄 수 있을까?
마음은 불안하고 슬프기보다는
남편의 삶이 초라했던 것들이
쓸쓸해지고 가난했던 것들이 생각난다
가을 같은 새벽 바람이 들어온다
살갗을 서늘하게 한다
그동안 2년은 바쁘게 살았고
작은 빚들도 정리하고 조금 가벼워진 삶이
아프기 시작한다
아이들도 다 나름 잘 지내고
내 건강도 그럭저럭 착하고
남은 삶은 조금이라도 넉넉하겠구나 했지만
불안한 마음이 서늘해진다.

부부의 인연

이 사람을 사랑했었다

처음부터는 아니었지만

한공간에서 작업을 하면서

내 눈으로 보이는 모습이 점점 좋아지기 시작했다

눈웃음

말수가 적고 조용한 성격

내 가슴은 먼저 다가가 사랑 고백을 했었다

이 사람은 내 손을 잡아 주었다

비록 가난하고 특별한 직업은 아니었지만

설레게 했다 내 가슴을

이 사랑은 지금도 변하지는 않았지만

가끔 힘이 들 때, 삶이 불안할 때

미울 때는 쳐다보기도 싫었다

그러나

시간이 많이 흘렀고

처음 그 설레는 마음 때문에

지금도 함께하고 있다

그 설레었던 그 마음 때문에

약속을 지키고 있다.

내 뒤를 돌아보며

우린
그동안 행복했었다고 웃고 말을 해본 적이 없었다
늘
틀 안에서 바쁘면 바쁜 대로 살았다
투정을 부리거나 욕심을 내지 않았다
당연하듯 살았다
한 공간에서 함께 일을 하면서 많이도 싸웠지만
그래도 작업은 순조롭게 진행은 했었다
처음 공장도 내가 하자고 했고
서른 중반에 중고 냉동 탑차를 사서 영광굴비 장사도 내가 먼
저 하자고 했다
이것들이 엉망이 돼 버렸다
그러나
한 번도 내게 화를 내거나 원망하지 않았다
그 피 같은 젊은 나이 시간을 거리에 버리고
그저 묵묵히 하루를 보냈다
난

그때는 돈을 벌고 싶었다

얼른 부자가 되고 싶었다

다가오는 시간이 내 삶이

넉넉해졌으면 하는 생각이었다

마음처럼 쉽지 않은 현실은 냉정했었다

난

다시 봉제 공장을 전전하며 돈을 벌어서 빚을 갚아야 했었다

그럭저럭 빚을 갚고 작은 빌라 집을 샀다

명의는 남편 앞으로 해주었다

부동산 사무실에서는 공동 명의로 하라고 했지만

그냥 남편 앞으로 하자고 했다

남편의 얼굴은 미소가 가득했었다

난 열심히 또 살았고

한 달 한 번 곗돈도 넣고 여유가 생겼다

난 남편에게 아반떼 새 차를 사라고 했다

돈이 어디 있어?

나 곗돈 탔어!

남편은 그러자고 했다

명절이 다가오면 굴비 장사했을 때 사용한 중고 탑차를 타고 시

댁을 갔었다

좌석이 부족해서 뒤에 작은 공간에

우리 아이들은 거기에 앉아야 했다

애들이 어려서 가능한 공간이었지만

조금씩 자라서 자리가 불편했다

그래서 차를 구입해야겠다는 생각을 했다

난 '사는 게 뭐 있겠어!' 하면서도 욕심은 생겨났다

내가 소화할 수 있는 만큼 욕심이 넘치지만 않으면

그렇게 생각하고 살았다

어느 정도 안정이되었고

난

나이가 들어가고 그러다 보니

여기저기 떠도는 봉제 공장 생활이 싫어졌다

그래서 다시 봉제 공장을 차렸지만

마음처럼 쉽지가 않았다

1년 조금 바빴다가

코로나가 찾아와 생활이 또 엉망이 되어 버렸다

마음은 우울해지고 남편과의 신경전은 심해지고

그러나 어떻게든 살고 싶었다

내 삶은 거칠었고 성격은 강해지고

어떻게든 또 버텨 보고 싶었다

고단한 생활이 다시 시작되고 있었다

예전에

우울증, 공황장애, 조울증은

나를 더 강하게 만들려고 찾아왔나 보다

난

이렇게 생각하고 싶었다

이제 남은 내 시간은 굴곡이 없었으면 좋겠다

건강한 생각만 하고 살고 싶다

급하지 않게

남편에게 고맙다는 말을 아끼지 않는다

생각해 보면 다 내가 처음 시작했던 말들이다

결혼 전에 내가 먼저 결혼하자고 했었다

지금도 후회하거나 나 자신에게 묻지는 않는다

정말 잘 살고 싶었다

부자처럼 나도.

새벽 연기

겨울바람이 분다
가난한 집 지붕 위에는
새벽 연기가 피어오른다

방바닥 아랫목이
따뜻해진다

내 어머니는 새벽잠을 깨우고
아랫목을 따뜻하게 데우고
아침 식사 준비를 한다.

엄마와 막걸리

어린 시절 학교 수업이 끝나고
집으로 돌아오는 길은
배도 고프고
허기지기도 했지

엄마!
뭐 먹었어?
물 마셨다!

엄마는
늘 힘든 삶을 살고 있었다
외롭고 쓸쓸함을 막걸리 한 잔에
마음을 달래고 살았지
힘든 하루 삶에서 조금이라도
잊고 싶었겠지

엄마!
뭐 먹었어?
물 마셨다!

그렇게 대답을 했지
그 마음을 알기까지는
너무도 많은 시간이 걸렸다.

글쓰기 1

친구가 없을 때는
글처럼 좋은 친구는 없다

무슨 말을 써도 다 받아 준다

내 글이 마음에 들지 않아도 찢거나 태우지 않는다

적적하고 허전할 때 핸드폰 자판기는
내 앞에 살짝 와서 종이가 되고 연필이 되어 준다

오늘도 나는 너에게 넋두리를 한다
종이와 연필은 오늘도
내 이름을 적는다.

전단지

현관 계단을 밟고 한 걸음 한 걸음
내려간다

홍매화 한 다발이 계단 끝에
살포시 앉아 있다

누가 밟을까 봐
내 가슴에 안고
내가 홍매화 꽃이 된다

우리 집 현관 계단에
홍매화 꽃이 찾아와
봄을 안고 있다.

사설들

세상에 태어나 혼자 걸어가는 길에서
만나는 것들을 의심하지 않는다
처음이니까
그렇게 가다 보면
먼저 세상에 나와
더 많은 경험을 하고 더 많이 접했던 시간
누구나 예쁘게 살고 싶었을 것이다
먼저 사랑을 배운다
사랑은 다 예쁜 것이다
그 누구를 사랑하든
그것은 또 다시
끈으로 연결하는 욕심이 시작되는 것이다
연관도 없는 존재들을 알게 된다
비우라고 놓으라고 하면서 등 뒤에서는
놓지 않은 손들은 게임이 시작되는 것이다
연관성이 없는 존재들
감히 사랑이 아름답다고

사람이 아름답다고
말하지 마라
사람을 존중해 주는 마음이 있어야
사람을 사랑할 줄 아는 사람이다.

마술 같은 얼굴

마음이 불안하면 주의가 산만하고
마음이 편하면 죽기를 각오한다
잃을 게 많은 사람은 말이 많아지고
잃을 게 없는 사람은 그래 죽자
그렇게 생각을 한다
가을은 이렇게 아름다운데
온통 겨울이다
마음이

이제 그만 얼굴이 봄처럼 피고
항상 웃는 얼굴로 세상을 바라보자
이제 웃어 봐.

꿈

너는 빛이라고 생각하니?
아니면 꽃이라고 생각하니?
한번 생각해 봐

넌 지금 어느 곳에 서 있는지
빛은 늘 우리 곁에서 맴돌고
꽃은 늘 피고 지고 하지

내가 만든 빛은 없어
내가 만든 꽃도 없어

내가 살고 있는 지금이 빛이 되고 꽃이 된다

큰 꿈은 안고 가는 것은 좋은데
무겁게 걷지는 마.

웃자

몸은 늙어도 생각은 신선한 공기처럼 살자
햇살 아래서 부는 바람은 시원할 때도 있고
차가울 때도 있다
계절 탓이다
그러나 사람 마음은 온기가 있어
추운 바람 앞에서 차가운 공기를 따뜻하게 데울 수가 있다
그것은 사람들의 능력이다
내 인상은 강하고 사납게 보일 수도 있다
웃는 얼굴은 사람도 웃게 한다
뒷모습이 따뜻한 사람으로 살기는 어렵겠지만
웃는 얼굴로 사는 것은 쉽다
내 생각에서는 그래.

정지

지금은
내 작업장 문을 잠그고
매일
매일
똑같은 시간을 보내지만
그래도
내 마음의 문은 잠그지 않는다
다시
작업장도 내 삶도
문을 여는 날이 오겠지
오늘도
그날을 기다리며 하루하루 준비를 하고 있다
무너지지 않게 글 몇 줄은 삶을 달래준다
너는 또 할 수 있어
내 글은 이렇게 쓰라고 말한다.

노동

적당한 노동은
내가 지금도 살고 있구나

적당한 노동은
밥맛도 좋아지게 하고

적당한 노동은
나를 더 살게 만들지

오늘은
육체적인 노동보다
이 나이에 정신적 노동을 해야 할 것 같은
일이 생길 것 같아

사는 게 노동이다.

이제는 말할 수 있다

난 예전에 공장을 전전할 때
시설이 좋은 환경보다 공장이 깨끗한 환경보다
그 안에서
일을 하는 인부들 첫인사를 보고 선택을 했었다
사장님 첫인상보다
관리자 첫인상보다
함께 일하게 될 인부들의 첫인상을 보았다
지금도 내 마음속에 친절했던 몇몇 분이 생각이 난다
난 그분들의 정을 기억한다
사람은 마음이 따뜻한 사람에게 다가가는 것이다
길게 놓인 길에서 많은 생각들이
나를 잡아 주었다
이제는 당당하게 길을 걸을 수가 있다
내 마음이 그랬다고 말할 수 있는 시간이 있어 행복하다.

마음의 눈

하루에
두 시간 여행은
그 속에서 얻는 게 많아

작은 여행지에서
내가 넓게 보면
세상이 넓어 보인다

좁은 공간에서도.

거미의 꿈

이른 가을
산속 횅한 길가에 그림 하나 걸어 놓고
전시회를 하고 있었다

먼발치에서 바라보고 있는 거미는 무슨 생각을 할까

너의 작품은 훌륭했다
이렇게 말을 전했다
나는.

갓길

지나가는 갓길에
씨앗을 뿌리고

초여름
여린 목을 내밀고
지나가는 발길 소리에 잠을 깬다

들풀 속에서
꽃인지 몰랐던

초가을
눈을 떠 보니
사람들은 나를 쳐다보고 웃는다

나는 꽃이었던 거지.

고독

스물여섯 꽃 같은 나이에

너를 만나서

가정을 꾸미고 알콩달콩 살고 싶었지

나는 아기를 갖고도

일에서 손을 놓지 않았지

그렇게 힘든 삶을 살아도 그게 고독인지 외로움인지 몰랐지

그저 사랑이라고만 생각했지

너는 토요일이 되면 친구를 만나러 가고

나는 토요일 일요일을 혼자 시간을 보내고

네가 오기만을 기다렸지

어쩌면 그때부터 고독은 시작된 것 같아

둘이라고 해도 고독함은 다 있겠지

그래도 기대고 싶을 때 기대고

힘들다고 말하고 싶을 때

나 한 번만 쳐다만 봐 주어도

둘이 낫겠지

그렇게 바쁘게 힘들게 살았어도

그것은 너와 나의 사랑이라고 말하고 싶다

그래서 여기까지 왔을 거야

어제는 산길을 걷는데

내 옆에는 고독이란

그림이 따라오고 있었지

이제는 점점 마음을 비우고

내가 혼자 걷고 있는 길도

네가 혼자 걷고 싶은 길도

고독은 곁을 떠날 수 없는 보이지 않는

허전함이지.

라일락

꽃이 피는 봄이면
무악동 골목길이 생각이 난다
남편과 연애 시절
라일락 꽃향기가 좋아
가던 길 멈추고 멍하니 꽃을 바라보고
있는데

빨리 와 뭐해!

라일락 꽃보다
남편에게 달려갔지
지금도 봄이 오면
꽃을 쳐다보는 걸
한 번도 보지 못했다
라일락 꽃이 필 때면 무악동 골목이 생각이 난다.

길 2

가는 길 방해하는 사람 있고
밝게 빛을 내려 주는 사람이 있다
그럼에도
걷고 있는 길을 포기하지 않았기 때문이다
살면서 개인 감정 때문에 따뜻한 정을 더 주고
아끼는 마음은 더 가졌지만
그것은 구분을 해야 한다
어차피 우린 함께 걸어가는 동반자니까
세상은 혼자서 살 수는 없는 거니까
함께 소통하면서 걸어가는 것이다

난
빛을 만났다
이곳에서 영원히 함께 가야 할 이 공간이 내게도 생겼다
그래도 더 행복하게 살고 싶은 마음은
모두 같은 것이니까

이 말은 다시 한 번 꼭 하고 싶다

내게

그동안 마음 고생 많이 했다.

초대 받지 않은 자리

원형을 그려 놓고

마음이 편한 사람만

보고 싶은 사람만 보고 산다

초대받지 않은 자리에 참석한 적이 있다

그때는 몰랐는데

'초대'라는 단어는

친한 사람

친하게 지내고 싶은 사람

배경이 좋은 사람

그곳은 초대받을 수 있는 사람만 갈 수가 있다

사람들의 세계는 알 수 없는 것들이 너무도 많다

그러나 나는

그들에게 조연은 아니다.

끼리끼리

인정해 주는 가치는 어느 만큼일까?

마음의 빚을 지지도 않았는데

생각 없이 퍼붓는 말

피해를 주거나 말을 아프게 하지 않았는데

말에 가시가 섞여 있다

다시 돌아 나온다

적응을 못하는 게 아니라

또 다른 모습을 보았기 때문에

점점 멀어지게 하는 말은 1분 1초

외면하는 것이다

시간이 점점 멀어지고 벽을 쌓는다

계단을 숨차게 걸어가지 않아도 되는데

혼자서 바쁘다

넌 마음이 불안하니?

소중한 시간을 헐뜯고 미워하고

이유 없이

그리 시간이, 마음이 할 일이 없나

어떤 사람은 돈이 많아 돈 쓰는 데 바쁘고

어떤 사람은 사랑하기 바쁘고

어떤 사람은 먹고살기 바쁘다

살아도 살아도 힘이 드는 세상

그러나

나 자신을 힘들게 할 뿐 아무도 모른다

넌

계단 저 멀리 높이 서 있고

난

계단 아래 끝 가까이 서 있기에

말소리가 들리지 않아서

꼬이고 또 꼬이고

그래서 멀어지는 거야

오늘은

겨울비가 내리고 조금은 서늘한 날씨였지만

그래도 봄이 기다려지는 것은

더 살고 싶은 마음이지.

다 알 수가 없어요

국어

산수

사회

자연

모든 것이 의미가 있지요

외로워서 위로가 필요해서 부른 노래 한 곡

지금 이 순간을 잊고 싶지 않아서 그려 본 그림

다른 게 살고 있기에

똑같은 그림을 그릴 수는 없지만

그러나

가끔 내 그림처럼 늘 꺼질 때

그 대답을 합니다

감상, 느낌, 표현

다 같지는 않습니다

나는 나일 뿐입니다

상상은 호기심은 나를 지치게 합니다

숫자를 대지 마세요

도움 되지 않는 것들에게
시간을 낭비하지 마세요.

이화동의 바늘꽃 세 번째 이야기

사람과 사람의 관계

최선이란 누구든 마음으로 시작하지만

막상 그 길에 들어서면

순하지는 않다

프로들과의 시작은 만만치 않은 싸움이다

세상에서 닳고 닳은 사람들

그 속에서 배울 수 있는 것은 냉정함이었다

혼자 세상을 살 수는 없지만

적당히 거짓말은 살기 위함이다

속을 보이고 살면 바보라고 한다

말로 돈으로

포장된 채로 살면서 가끔 진실함을 보이기도 하고

그렇게 연극배우처럼 세상을 살아가는 것 같아

사람을 대하는 방법이 여러가지 있다는 것을

난 지금도 기억한다

귀하지 않은 인생이라

밖으로 내처진 것이라고

어디서 이런 말이 사람 입에서 나온다는 말인가

그러나 요즘은 사람들 세계에서는

이런 말을 쉽게 할 수도 있겠구나 생각을 하게 되었다

조심스럽게.

보이지 않는 거리

덫을 깔아 놓고 그 길을 밟고 가기를 바라는가
선할 거라고 한 점 의심도 없이
걷다 보면 넘어지고
돌부리에게 걸리기도 하고
웅덩이에게 빠질 수도 있다
저 멀리서 보이는 것이 빛일까?
악마의 불빛일까?
그곳에서는 따뜻한 온기가 있을 것이고
사람 냄새들이 향긋하게 머무는 곳이라 생각할 수도 있겠지
서성이다가 그 길을 걷기 시작한다
새들의 노랫소리
바람의 노랫소리
아름다운 꽃향기가
알 수 없는 세상
한 번도 가보지 못한 세상
그 길 끝에서는 알 수 없는 미로의 길들이 많았다
멀리서 보는 것과 마주하는 것은 많이 다르다

그것도 내 중심을 잃어버려 흔들릴 때도 있겠지
그러나 발끝에서 잡고 있는 것은
내 이름이었다
그 길은 악마의 길도 거친 길도 아니었다
사계절의 길을 걷고 있었던 거였다.

나를 무시하지 마

마지막이라고 생각하면 서글퍼지고 아쉽고

살고자 하는 마음이 치밀하게 올라올 것이다

몸안의 세포들은 빠쁘게 살고

점점 커지는 몸은 걷기조차도 힘이 들줄 몰라

첫 번째는 먼저 몸이 아플 것이다

두 번째는 마음이 급해질 것이다

세 번째는 점점 변해 가는 내가

세상에 없다는 것이다

몸이 죽은 게 아니라

마음이 죽은 것이다

숨조차도 쉬지 못하는 존재는 죽고야 말 것이다

힘이라는 것은 무거우면 무거울수록

걷는 것이 바르지 못할 것이다

나를 함부로 대하지 말라

너를 위해서 세상에 태어나지는 않았어.

선생님

공부 못해서 공부 좀 배우려는데
그놈의 오타 띄어쓰기 때문에
참 글쓰기 힘들다

공부 못하는 학생 있으니
선생님이 있는 거 아닌가.

공부

학생이 학교에서 정학되면
책가방도 함께 따라나온다
그 학교에서는 생활기록부만 남는다

그런다고
학교를 그만 다닐 수는 없는 것이다
다시 공부를 해야 한다.

소심

글이란 문법으로 맞추고

예쁜 글을 모아 놓고 시를 만든다

길을 걷다가 갑자기 소나기가 내리면

그 누구도 소나기를 탓하지 않는다

비를 피해 뛰어가거나 그냥 맞거나

그늘에서 잠깐 피하거나

이런 그림을 이해를 하든 안 하든

그건 그들의 살아가는 방법일 뿐일 것이다

글 같지도 않은 글을 쓴다고 하겠지만

소소하지만 소소한 그대로 쓰고 싶은 것뿐이다

어떻게 똑같은 일생이 될 수가 있겠어

책을 많이 보고

일을 많이 하는 사람

하루가 부족해 잠을 네 시간 다섯 시간 자고

새벽같이 일터로 가는 사람

이런 환경들이

각자 다른 글이 되는 것이다

글 속에

명언, 특별한 단어, 이해하기 힘든 단어들

국어사전을 보고 몇 번이고 되새김을 한다

지식이 작아서 이해하는 방법을 모르는 적도 있었다

내 기억에 지금도 아침마다 좋은 글 보내주며

글 속에서 단어 공부를 한 적이 있었다

책을 보거나 글을 볼 때 특별한 단어는

국어사전을 보고 이해를 한다

내 소심한 글에서

조금씩 벗어나고 싶다.

글쓰기 2

나는
글이라도 쓰지 않았으면
세상에 나올 수도 없고
바보처럼 살다가
돌아다니는 종이에 낙서나 하고
그렇게 살았을 건데

글 쓰지 마라
책 그만 내라

일만 하다가 죽어야 하나
열여섯 살 때부터 지금까지
미치도록 일만 했는데
일만 하란다
나는 공장에서 하루 종일 고개 숙이고
미싱만 해야 하나
왜?
나에게 이래라저래라 할까?

혼자 가는 길

책 두 권 내는데 얼마나 들었어?
묻는다
그게 문제였구나!
그래 내가 미친 짓 했다
미안하다
이렇게 대답하고
고개 숙이고 미싱만 발판만 밟았지
그래
너와 나는
너무도 다른 세상을 살고 있고
부부도
형제도
친구도
선은 다를 수 있으니까
그래도
내 갈 길은 가야지
누구도 믿을 수 없는 세상
처절하게 느낀다.

낮술

혼자 있는 집은 좋다
그래서 아침부터 취해 본다
마음이 편하고 지금은
내 마음속에는 아무도 없다
나 혼자 있는 집
쌓인 스트레스를 이렇게 푼다
그냥
아무것도 하지 않고 티브이를 보고 노래를 듣는다
이 공간에 있는 나는 아무도 모른다
나만이 알 수가 있다
가끔 나는 이런 시간을 혼자 느끼고 산다

진짜 이것이 외로운 거지
근데
나는 좋아
내 눈은 지금 아무것도 보지 않는 시선
내 눈은 지금 휴가 중이다.

짐

얼마나 짐이 무거웠으면
땅에 버리고
한참을 슬프게 울었을까

그렇게
한참을 울고 나니
마음이 편하니

너무 슬퍼 마라
여름도
가을도

너의 눈물에 의미를 두지 않는단다
흐르는 대로 사는 거란다

추운 겨울도
따뜻한 봄날도

그렇게

젖어 사는 거란다.

출근버스 안에서

글씨를 잘 쓰는 것도 부럽고
책을 많이 본 사람도 부럽고
학교 교육을 많이 받은 사람도 부러웠다

이제는 부럽지 않다
진실한 사람이 좋다
위아래를 구분하는 사람이 좋다
마음이 따뜻한 사람이 좋다
이 아침이 있어 좋다
난 지금도 이 나이에 돈 벌 수 있어 좋다

출근길 버스 안에서 흘러나오는 노래는
마음을 편하게 한다.

절판

어느 휴일 아침 지인으로부터 전화가 왔다

여보세요?

언니

시집 세 권이 다 절판되었네요

네에 그렇게 되었어요

왜요?

출판사랑 언쟁이 좀 있었어요

저의 시집이 한 권도 판매가 되지 않는대요

창고비만 나가고 그런다네요

그래서 품절해 놓고 저의 공장에 보내 달라고 했는데 와서 찾아

가라고 하더라고요

아직도 창고에 많이 있다고

창고비 청구한대요

그래서 청구하라고 그랬어요

그럼 저에게 시집 세 권만 있으면 사인해서 보내줘요

책 보낼 만큼 없어요

몇 권 있는거 제가 가지고 있을라고요

그리고 그 지인은 연락도 없다가

돌머리 새머리 그래도 괜찮아

네 번째 시집을 출판하게 되었을 때

제가 일하고 있는 작업장으로

내 핸드폰으로 전화가 왔다

또 그 지인이었다

여보세요

언니

다른 출판사에서 책 내셨네요

네에

언니 좀 기분이 좀 그랬어요

왜요?

그러고는 다시는 연락이 없었다

카톡도 나가고

연락도 끊어졌다

그 지인도 인터넷 통신판매를 하는 친구였다

나도 그 지인 때문에 통신판매 사업 등록을 했었다

아침은 초년이라고 하고
점심은 중년이라고 한다
저녁은 말년이라고 한다
내 저녁은 좀 여유가 있었으면 좋겠다.

이화동의 바늘꽃 세 번째 이야기

사각형 안의 세상

많이 부족했던 내가 여기까지 와 버렸고
내 스스로 잘 살았다고 자화자찬하며
행복하게 살았던 날들
내 삼 년 코로나 시기에 어려움 많았고
삶이 조금 고달팠지만
그래도 심심한 시집을 4집까지 내고
좋은 사람도 많이 만나고
좋은 시간을 보내며 지내 왔던 건 큰 행운이다
핸드폰 속 세상은
참 신비롭고 아름다운 것들이 많은 사각형 세상
원형보다 세상을 조금 각지게 볼 수 있는 사각형 세상
손바닥 위에 놓인 세상
'문학'이라는 공간에 들어가
내가 하고 싶은 것을 터치해 꿈을 이룬
내 공간이었다
이 공간 속의 잊지 못할 그리움들
이 공간 속에서는

내 영혼이 존재하고 있는 공간일 것이다
세상은 감사해야 할 것이 참 많다
그러나 보이지 않는 작은 먼지 같은
존재 하나가 멈추게 했었다
오타, 띄어쓰기
여기저기에서 지적을 많이 받았다
가는 곳마다 내 글을 지적했었다
나도 그걸 이해를 못하는 것은 아닌데
그 순간은 소심해지고 작아지는
나는 그래도 죽지 않고 살았다
내 세상이 화려하지는 않았지만
아름답게 그림은 그릴 수가 있었다.

혼자서 피는 꽃

한 번 끝난 인연은 다시는 돌아보지 마라
처음부터 귀하게 생각했으면
함부로 대화하지 않았을 것이다

대문에게
문패를 달아 주고 싶은 마음은 글보다
스펙이 먼저라는 것을 보게 되었다

초라하다고 생각하지 마라
너는 너일 뿐이다

너는 그 누도 닮을 수가 없단다
왜냐하면 사람은 너 하나뿐이란다.

꽃은 누구든 피울 수 있지만
'너'라는 꽃은 너밖에 피울 수가 없단다.

'밴드'라는 공간에서

마음을 그곳에 두고
가끔 가보고 싶지만
손가락이 허락하지 않는다

그 길을 따라 언제든 갈 수 있을 거라
생각을 했지만
가다 보면 다시 돌아올 때가 있다
변할 수가 있으니

지금도 거기에서
마음을 데려오지 못했다
조금은 시간이 걸릴 듯하다
다시 돌아갈 수가 없을 듯하다.

각도

사람에 따라
언어가 달라지고
행동이 달라지고
사람은 꽃보다 아름답다고 말하지만
현실은 멀리 있는 것 같아
송충이는 솔잎만 먹고산다고
이런 속설에 비유하지만
다 사람들이 만들어 내는 말
하느님은 모두에게 공평하게 내려주신
꽃
바람
비
눈꽃
이 모든 것들을 내려 주신 것이다
가난하다고
배우지 못했다고
밟고 가면 안 된다

그러면 언젠가는

너를 밟고 가는 사람도 있다는 걸 알아야 한다.

그림자

조금 남아 있는 그리움마저
무너져 버렸다

시간이 그리 많이 필요하지 않았다
뒤에 숨어 있는 그림자는 분명 너였다

어떻게 아느냐고?
넌 겨울이니까.

글을 마치며

그동안의 시간을 글로 모두 정리하면서 지난 5년의 세월은 흩어져 여기저기 돌아다니던 것들을 다 모아 다시 처음처럼 시작하게 되었다.

나는 지난 5년을 알고 싶었지만 아무도 내게 답을 주지 않았다. 나는 지금도 세상이 보이지 않았고, 답을 찾을 수가 없었다.

나는 이런 환경을 정리하고 싶었다. 내가 이대로 그만두면 나를 더 바보 취급하고 비웃을 것이다.

그래서 여러 번 생각한 끝에 종로경찰서를 찾아갔다.

절판, 그리고 다시 판매할 수 있는 방법을 알고 싶었다.

나는 내 상황을 말했다. 그리고 답을 기다렸지만 '무혐의'라는 대답이 돌아왔다.

나는 경찰서에 전화를 했다.

왜 무혐의인가?

자료가 부족하다고 했다.

발행인은 잘 모르고, 발행인 남편이 관리하는 것이라고 했다.

유명 서점 네 곳에서만 유통했다고 했다.

인터넷 서점은 잘 모르겠다고 했다고 한다.

그럼 유명 서점에서 내 책의 판매 기록을 볼 수 있느냐고 물어봤지만, 그 기록은 볼 수 없다고 했다.

  출판사와 판매자만 볼 수 있다고 했다.

  저자는 민사 소송을 해서 변호사를 통해 알아봐야 한다고 한다.

  돈도 없고 기분도 나쁘고, 광고는 여기저기서 하고, 출판사는 연락 두절이었다.

  그래서 나는 내 책을 판매하는 서점으로 전화했다.

  나는 『이화동의 바늘꽃』 저자라고 말하고, 내 시집 판매를 중단해 달라고 요청했다.

  인터넷 서점에서는 출판계약서, 저작권 등록증, 주민등록증을 복사해 보내 달라고 해서 복사해서 보냈고, 일주일을 기다려야 한다고 했다.

  일주일 후에 판매가 중단되었다.

  개인 판매자 중에도 내 시집을 판매하는 사람이 있었다. 나는 그 사람들에게도 판매 중지 요청을 했다.

이 부정적인 판매를 어느 누구도 함께 해결해 줄 사람은 없었다.

나는 이 방법밖에 할 수가 없었다.

그렇게 해서 여기저기 내 시집 판매 광고는 사라졌다.

나는 남편이 준 생활비를 아끼고 아껴서 절판된 시집을 하나하나 살리기로 했다.

가난하면 밟고 가고, 배우지 못했으면 밟고 가고, 그 가난한 삶을 이용해서 어떻게든 편히 먹고 살려는 거지 같은 마음.

"시집은 한 권도 안 나가요. 요즘 글 잘 쓰는 사람 많아서 이인희 시집 한 권도 안 나갔어요."

이 대답만 들었다.

내가 이대로 죽어 버리면 거짓말쟁이가 되어 버리겠지.

그래서 나는 먼저 저작권위원회를 찾아가 내 시집들의 권리를 등록하게 되었다.

돌아오는 길에 '먼 훗날 알게 되겠지' 그렇게 생각하게 되었다.

어느 날 책 판매 사이트를 보게 되었다.

이화동의 바늘꽃
2020년 3월 20일 출간
이화동의 바늘꽃; 두 번째 이야기
2021년 03월 10일 출간

이화동의 바늘꽃; 세 번째 이야기

2022년 7월 30일 출간

이게 어찌 된 일이란 말인가?

나는 지금도 돌머리, 쇠머리지만 그래도 나는 괜찮다.

네 권의 시집을 출간했지만 모든 판매 기록을 알지 못했다.

저자의 알 권리는 있어야 하지 않겠는가.

단 한 권이라도 믿음을 주어야 다시 약속을 하지 않겠는가.

나는 이 시집들을 다시 개정판으로 정리하면서 사람은 사람을 잘 만나야 하고, 맞지 않는 인연은 굳이 이어 나갈 필요가 없다는 것을 다시 한 번 생각하게 되었다.

내 가난한 글, 배우지 못했던 환경은 그들과는 상관이 전혀 없는데, 함부로 평가하는 자신들 또한 돌아봐야 한다.